Ce present liure.eÛ appelle Miroer
salutaire pour toutes gens:Et de
tous eÛatz. et eÛ de grant vtilite;
et recreacion. pour pleuseurs enÛen
gnemens tant en latin comme en
francoys lesquelx il contient. ainsi
compose pour ceulx qui desirent ac
querir leur salut: et qui le voudront
auoir.

La danse macabre nouuelle
a. i

Lacteur

O creature roysonnable
Qui desires vie eternelle.
En as cy doctrine notable:
Pour bien finer vie mortelle.
La dance macabre sappelle:
Que chascun a danser apprant.
A homme et femme est naturelle.
Mort nespargõ.z petit ne grant.

En ce miroer chascun peut lire
Qui le conuient ainsi danser.
Saige est celuy qui bien si mire.
Le mort le vif fait auancer.
Tu vois les plus grans commãcer
Car il nest nul que mort ne fiere:
Cest piteuse chose y pauser.
Tout est forgie dune matiere.

a. ii

Vos est hic hominis semper cum tempore labi: Et semper quadam condicio
ne mori. Est hominis nudum nasci: nudum qz reuerti. Est hominis putrere
solo limum qz faceri: Et miseris gradibus in cinerem redigi. Res et opes pre
stantur et: famulantur ad horam. Est locuplex mane: vespere pauper erit.

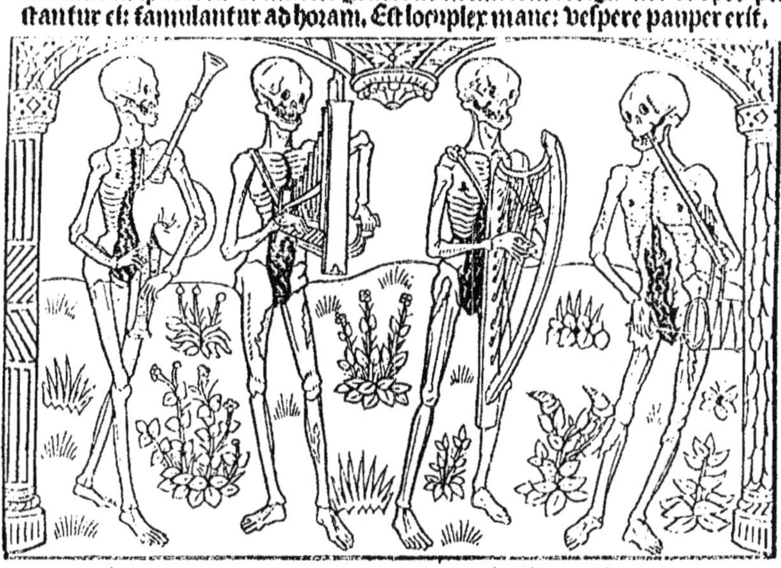

Le premier mort

Vous par diuine sentence
Qui viues en estatz diuers
Tous: danseres ceste danse
Vnefoys, et bons: et peruers.
Et si seront menges de vers
Voz corps, helas: regardez nous
Mors, pourris, puans, descouuers
Comme sommes: telx seres vous.

Le second mort

Dictez nous par quelles raisons
Vous ne penses point a morir
Quant la mort va en voz maisons
Huy lung: demain lautre querir.
Sans quon vous puisse secourir
Cest mal viure: sans y penser
Et trop grant danger de perir.
Force est quil faille ainsi danser.

Le tier mort

Entendez ce: que ie vous dis.
Jeunes et vieulx: petis et grans
De iour en iour selon les dis
Des sages: vous alez mourans
Car vos iours vont diminuans
Pour quoy: tous serez trespasses
Ceulx qui viues: deuant cent ans,
Las: cent ans seront tost passes.

Le quart mort

Deuant quil soient cent ans passes
Tous les viuans comme tu dis
De ce monde seront passes
En enfer: ou en paradis
Mon compagnon: mais se se dis.
Peu de gent sont qui aient cure
Des trespasses: ne de noz dis.
Le fait deulx: gist en aduenture.

Mors dnm seruo: mors sceptra ligonibus equat: Dissimiles sui condicone trahes
Vado mori: mors certa quidem:
nil certius illa. Hora sit incerta:
vel mora. vado morir.

Vado mori: quid amem quod finem
spondet amarum: Cuius inanis
amor non amo. vado mori.

Le mort

Vous qui viuez: certainnement
Quoy quil tarde ainsi dancerez:
Mais quant: dieu le scet seulement
Aduisez comme vous ferez.
Dam pape: vous commenceres
Comme le plus digne seigneur:
En ce point honore seres
Aux grans maistre est den lonneur

Le pape

Dce: fault il que la dance maisme
Le premier: qui suis dieu en terre
Jay en dignite souueraisme
En leglise comme saint pierre:
Et comme autre mort me vient querre
Encore point morse ne cuidasse:
Mais la mort atous maine guerre
Peu vault honeur que si tost passe

Le mort

Et vous le non pareil du monde
Prince et seigneur grat emperiere
Laisser fault la pomme dor ronde:
Armes: ceptre: timbre: baniere.
Je ne vous laisray pas derriere
Vous ne ponez plus signorir.
Jen maine tout cest ma maniere,
Les filz adam fault tout mourir,

Lemperenr

Je ne scay deuant qui sapelle
De la mort: quanst me demaisme.
Arme me fault de pic. de pelle:
Et dun linseul ce mest grant paine
Jur tous ay eu grãdeur mõdaine:
Et morir me fault pour tout gage,
Quest ce de mortel demaisme.
Les grans ne sont pas dauantage

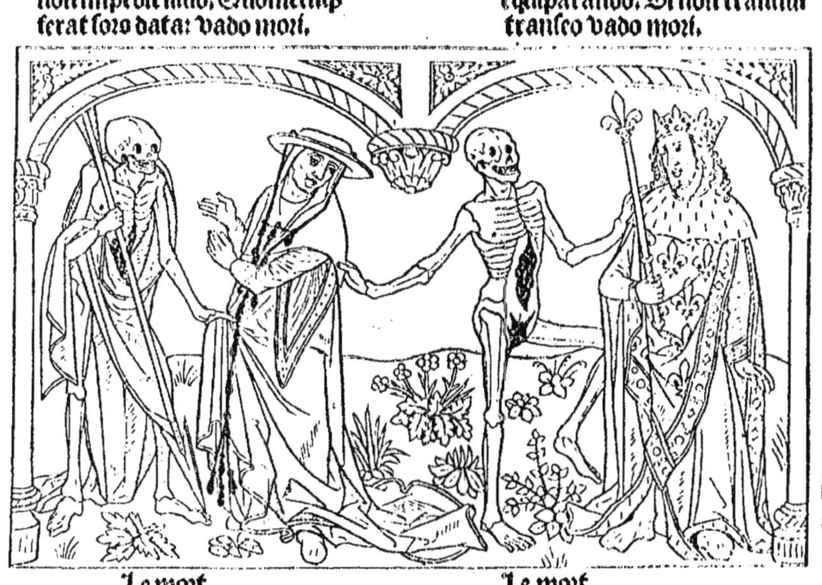

Le mort

Vous faitez lesbay se semble
Cardinal: sus legierement
Suiuons les autres tous emsēble
Rien ny vault ebaissement.
Vous aues vescu haultement:
Et en honneur a grant deuis:
Prenez en gre lesbatement.
En grant honneur se pert laduis.

Le cardinal

Jay bien cause de mesbair
Quant ie me voy de cy pres pris.
La mort mest venue assaillir:
Plus ne vestiray vert, ne gris.
Chapeau rouge, chappe de pris
Me fault laisser a grant destresse:
Ie ne lauoye pas apris.
Toute ioye fine en tristesse.

Le mort

Venes noble roy couronne
Renomme de force et de proesse
Jadis fustez enuironne
De grant pōpez de grant noblesse:
Mais maintenāt toute hautesse
Lesseres: vous nestes pas seul.
Peu ares de vostre richesse.
Le plus riche na qun linceul.

Le roy

Ie nay point apris a danser
A danse et note si sauaige:
Las on peut veoir et penser
Que vault orgueil. force, linaige,
Mort destruit tout: cest son vsage:
Aussi tost le grant que le maindre
Qui moins se prise plus est sage,
En la fin fault deuenir cendre.

Eo ꝓbuo: expirat ꝓbitas. honestꝰ: honestas. Si fueris fortior forcia morte cadit

Vado mort. videat quo currat
quisꝗ superstes: Cursor habet
mecum dicere vado mort,

Vado mort: misero sentencia
dura. beato Grata, mort
sequitur viuere, vado mort,

Le mort
Legat vous estez arreste:
Dehors ne ires ie vous affie.
Tenez vous seur, et apreste
Pour mourir, ie vous certiffie
Que mort auiourduy vous deffie.
Entendez y: cest vostre fait,
En vie longue: nul ne si fie,
Le vouloir dieu doit estre fait,
Le legat
Du pape ie auoye puissance
Ie ne fut cest empeschement:
Daller comme legat en france,
Mais faire me fault autrement,
Car morir vois: quant, ou commët,
Ne en quel lieu: ie ne say pas.
Mon dieu est: qui le scet seulement,
Mort suit lomme pas apres pas.

Le mort
Tresnoble duc: renom auez
Dauoir fait par vostre proesse
Par tout: ou vous estez trouuez:
Beaulx fais darmes: et de noblesse,
Monstrez cy vostre ardiesse:
Et dansez pour gaigner le pris,
Apres tout homme la mort chasse,
Les grans souuent sont pmier pris
Le duc
De mort suis assailliz tresfort:
Et ne say tour pour me deffendre,
Ie voiz que la mort: le plus fort,
Comme le fleible: tend a prendre,
Que doy ie faire: lactendre
Paciemment, et du bon cueur
A dieu de ses biens grace rendre,
Vault estat nest pas le plus seur.
a.iiii

Le mort

·Patriarche pour basse chiere
Vous ne pouez estre quitte,
Vostre double crois quaues chiere
Vng aultre aura: cest equite.
Ne pensez plus a dignite:
Ja ne seres pape de rome.
·Pour rendre compte este cite.
Folle esperance decoit lomme,

Le patriarche

Bien apercoy que mōdain hōneur
Ma deceu: pour dire le voir.
Mes ioyes a torne en doleur:
Et que vault tant donneur auoir.
Trop hault monter nest pas sauoir
·Haulx estaſ gaitēt gēs sans nōbre
Mais peu le veulent parceuoir,
A hault monter le faiz encombre.

Le mort

Cest de mō droit que ie vo' maisnne.
A la dance gent connestable:
Les plus fors come charlemaigne
Mort prent: cest chose veritable.
Rien ny vault chiere espouentable
Ne fortes armes en cest assault
Dun cop sabas le plus estable.
Rié nest darmes quāt mort assault

Le connestable

Jauoye encor intencion
Dassaillir chateau. forteresse:
Et mener a subiection
En aquerant honneur. richesse.
Mais ie voy que toute proesse
Mort met a bas: cest grant despit.
Tout luy est vng: doulceur rudesse.
Contre la mort na nul respit.

Occurrunt alo pereuudi mille figure. Mors qz miu⁹ peue ꝙ mꝛa moꝛis habet
Vado moꝛ presul: baculum.   Vado moꝛ miles: belli certami
sandalia. mittram. Nolens siue   ne victoꝛ. Moꝛtem non didici
volens deferoꝛ vado moꝛ.   vincere: vado moꝛ.

Le mort	**Le mort**
Que vous tires la teste arriere	Vous qui entre les grans barons
Archeuesque: tire vous pres.	Aues eu renom cheualier:
Aues vous peur quon ne vo⁹ fiere	Obliez trompettes. clarons.
Ne doubtez: vous venres apres.	Et me suiues sans sommellier.
Nest pas toustours la mort epres	Les dames folies reueillier:
Tout hôme: et le suit coste a coste.	En faisant danser longue piece.
Rendre conuient debtes. et prestz.	A autre danse fault veiller
Vne fois fault compter a loste.	Ce que lun fait lautre depiece.
Larcheuesque	**Le cheualier**
Las: ie ne scay ou regarder	Or ay ie este autorise
Tât suis par moꝛt a grant destroit	En pleuseurs fais: et bien fame
Ou fuiray ie pour moy aider:	Des grans. et des petis prise.
Certes qui bien la congnoistroit	Auec ce des dames ame.
Doꝛs de raison iamais nistroit:	Ne oncques ne suis diffame
Plus ne gerray en chambre paiite.	A la court de seigneur notable:
Moꝛir me conuient cest le droit.	Mais a ce cop suis tout pasme
Quât faire fault cest grât côtraite.	Dessoubz le ciel na rien estable.

Homo natus de muliere breui viuens tpe
repletur multis miseriis, qui quasi flos
egreditur z conteritur, et fugit velut
vibra: et nunq̃ in eodem statu permanet.

Vado mort: genitus de
sanguine nobiliori.
Nec genus induclas
dat michi, vado mort.

Le mort

Tantost naurez vaillant ce pic
Des biens du monde, et de nature,
Euesque: de vous il est pic
Non ostant vostre prelature,
Vostre fait git en auenture,
De vos subges fault rédre compte:
A chascun dieu sera droicture,
Nest pas asseur q̃ trop hault mõte.

Leuesque

Le cueur ne me peult esloir
Des nouuelles que mort maporte
Dieu vouldra de tout compte oir:
Cest ce que plus me desconforte:
Le monde aussi: peu me conforte
Qui tous a la fin desherite,
Il retient tout: nul rien nemporte
Tout ce passe fors le merite.

Le mort

Auance vous gent escuier
Qui saues de danser les tours,
Lance pourties: et escu hier:
Et huy vous fineres vos iours,
Il nest rien qui ne praigne cours,
Dansez: et panser de suir,
Vous ne poues auoir secours,
Il nest: qui mort puisse suir.

Lescuier

Puis que mort me tient en ses las
Aumoins que ie puisse vn mot dire,
A dieu deduis: a dieu solas:
A dieu dames plus ne puis rire,
Pensez de lame: qui desire
Repos, ne vous chaille plus tant
Du corps: que tout lesiours empire
Tous fault morir on ne scet quant.

Le mort
Abbe: venez tost: vous fuyez:
Nayez ia la chiere esbaye.
Il conuient que la mort suiuez:
Combien que moult lauez haye
Commandez a dieu labaye:
Que gros et gras vous a nourry.
Tost pourrirez a peu de aye.
Le plus gras est premier pourry.

Labbe
De cecy neusse point enuie:
Mais il conuient le pas passer.
Las or nay ie pas en ma vie
Gardez mon ordre sans casser.
Garde vous de trop embrasser
Vous qui viuez au demorant:
Se vous voulez bien trespasser.
On saulse tard en mourant.

Le mort
Bailly qui sauez quest iustice
Et hault et bas: en mainte guise:
Pour gouuerner toute police.
Venez tantost a ceste assise.
Je vous adiourne de main mise
Pour rendre compte de vous fais
Au grant iuge qui tout vng prise.
Ou chascun porteras son fais.

Le bailly
Hee dieu: vecy dure iournee:
De ce cop pas ne me gardoye
Or est la chanse bien tornee:
Entre iuge honneur auoye.
Et mort fait raualer ma ioye:
Qui ma adiourne sans rappel.
Je ny voy plus ne tour ne voye.
Contre la mort na point dappel.

Vado mori sapiens, sed quid
sapiencia nouit: Mortis cau
telas fallere: vado mori.

Vado mori sperans per longum
viuere tempus. Forte dies hec
est vltima. vado mori.

Le mort

Maistre: pour vostre regarder
En hault: ne pour vostre clergie:
Ne pouez la mort retarder.
Cy ne vault rien astrologie.
Toute la genealogie
Dadam qui fut le premier homme
Mort prent: ce dit theologie.
Tous fault mourir pour vne pōme

L'astrologien

Pour science ne pour degrez:
Ne puis auoir prouision.
Car maintenant tous mes regrez
Sont: morir a confusion.
Pour finable conclusion.
Je ne scay rien que plus descriue.
Je pero cy toute aduision,
Qui vouldra bien morir bien viue

Le mort

Bourgois hastez vous sans tarder.
Vous nauez auoir ne richesse
Qui vous puisse de mort garder.
Se des biens dont euftes largesse:
Aues bien vse: cest sagesse.
Dautruy viēt tout: a atruy passe
Fol est qui damasser se blesse.
On ne scet pour qui on amasse.

Le bourgois

Grant mal me fait si tost laissier
Rentes: maisōs: cens: norritures
Mais pouures: riches abaissier
En faiz mort: telle est ta nature
Sage nest pas la creature.
Damer trop les biens q̃ demeurēt
Au monde: et sont sien de droiture,
Ceulx q̃ plus ont: plus ēuiz meurēt

¶o sapiens: marcet sapiencia morte. redundans Diuiciis: lapsu mobiliore fluit
Vado mori non me tene forma   Vado mori magnus mundi
suo: neq vestior: sinea: nec   morituro amator. Hunc
mollis culcitra vado mori.   sperneus possit dicere vado mori

Le mort

Sire chanoine prebendez:
Plus ne aurez distribucion:
Ne gros: ne vous il acttendez:
Prenez cy consolacion.
Pour toute retribucion
Mourir vo⁹ conuient sãs demeure
Ia ny aurez dilation.
La mort vient quon ne garde leure

Le chanoine

Cecy guere ne me conforte:
Prebende sus en mainte eglise.
Or est la mort plus que moy forte
Que fot en mainne: cest sa guise.
Blanc surpelis et amusse grise
Me fault laisser: et a mort rendre.
Que vault gloire sy tost bas mise.
A bien morir doit chascun tendre.

Le mort

Marchant: regardez par deca,
Pleuseurs pays auez cerchie
A pie: et a cheual de pieca:
Vous nen seres plus empeschie.
Vecy vostre dernier marchie.
Il conuient que par cy passez,
De tout soing seres despeschie.
Tel connoiste qui a assez,

Le marchant

Iay este amont et aual:
Pour marchander ou ie ponoye,
Par long temps a pie: a cheual:
Mais maintenant pers toute ioye
De tout mon pouoir acqueroye:
Or ay ie assez. mort me contraint.
Bon fait aller moyenne voye.
Qui trop embrasse peu estraint.

Omnia mors tollit doctissimu̅ cecidisse cathonē: Atꝗ ipsu̅ socratē ꝑhibuisse fertur
Vado mori logicus, alios con   Forciu̅ virorum est magis morte
cludere noui: Concludit breui   contempnere ꝗ vitā odiisse Stultu̅ e
ter mors michi. vado mori.   timere: quod vitari non potest.

Le mort

Hōmes pluseurs sont chers tenus
Au siecle, et en religion.
Lesquelx touteffois sont venus
De gens de basse condition.
La doctrine et correction
De vous maistre: telx les a fait,
Or mourrez vous: conclusion.
Hōme par mort est tost deffait.

Le maistre descole

Grammaire est science sans fable
De toutes autres ouuerture:
A ieunes enfens conuenable .
Car sans elle: ie vous assure
Que autres sciences nont cure
De entrer en entendement.
Ainsi le veult dieu, et nature,
Par tout il fault commencement.

Le mort

Sur coursier ne cheual de pris
Homme darmes ne monteres
Plus, puis que la mort vo⁹ a pris:
Aduisez comme vous ferés.
Le monde la tost laisseres.
Ne actendez plus courir la lance
Regardez moy: tel vous seres.
Tous seurs de mort sont a oultrance

Lomme darmes

A dieu le seruice du roy
Que soloye faire soir, et main.
De mort suis prins en desarroy:
Sans respit iusques a demain.
A ceste danse par la main
Ie suis menez piteusement.
Mort y cōtraict tout hōme humain
Mourir fault: on ne scet comment.

iſ d�ንo ſūt q̄ corde tenͣ ſub pectore miſi. Mors mea, iudiciſi, baratri nox, lux para

Vado mori ſenior. iam finis tp̄s
imitat. Janq̄ patet mortis
ianua, vado mori.

Vado mori pulcer viſu: diſi
mors ipſa decori: Vel forme
neſcit parcere. vado mori

Le mort

Homme darmes plus ne reſte:
Allez ſans faire reſiſtence.
Cy ne pouez rien conqueſte.
　Vous auſſi: homme daſtinence
Chatreux: prenes en pacience,
De plus viure nayez memoire,
Faictez vous valoir a la danſe.
Sur tout homme mort a victoire,

Le chartreux

Je ſuis au monde pieca mort
Par quoy de viure ay moins enuie
Ja ſoit que tout hōme craint mort
Puis que la char eſt aſſouuie:
Plaiſe a dieu que lame rauie
Soit eo cielx apres mon treſpas.
Ceſt tout neant de ceſte vie.
Ce eſt huy: qui demain neſt pas.

Le mort

Sergent qui porte celles mace:
Il ſemble que vous rebellez.
Pour neant faictez la grimace:
Se on vous greue ſi appellez.
Vous eſte de mort appellez.
Qui luy rebelle il ſe decoit.
Les plus fort ſont toſt rauallez,
Il neſt fort quauſſi fort ne ſoit.

Le ſergent

Moy qui ſuis royal officier:
Comme moſe la mort frapper
Je faloye mon office hier.
Et elle me vient huy happer:
Je ne ſcay quelle part eſchopper:
Je ſuis pris deca et dela.
Malgre moy me laiſſe apper.
Enuiz meurt qui apprio ne la.

Hec tua vita breuis que te delectat iniqz: Est velut aura leuis, te mors expectat vbiqz.

Breues dies hominis sunt numerus
mensiu eius apud te est. constituisti
ter minos eius q preteriri no poterut

Vado mori diues: aurum
vel copia rerum Nullum re
pectu dat michi: vado mori.

Le mort

Ha maistre: par la passeres
Aiez la soig de vous deffedre
Plus homes nespouenteres.
Apres moine sas plus actedre
Ou pesez vous: cy fault etedre
Tantost aurez la bouche close.
Home nest: fors que vet z cedre
Vie dome e moult peu de chose

Le moine

Iamasse mieulx encore estre
En cloistre et faire mon seruice
Cest vng lieu deuost z bel estre
Or ay ie comme fol. et nice.
Ou teps passe comts mait vice
De quoy nay pas fait penitace
Souffisant. dieu me soit applce
Chascun nest pas ioyeux q dase

Le mort

Vsurier. de sens desrugles
Venez tost: et me regardez.
Dusure estes tant aueugles:
que darget gaignez tout ardez
Mais vo9 en seres bien lardez
Car se dieu qui est merueilleux
Na pitie de vous: tout perdez
A tout perdre est cop perilleux

Lusurier

Me conuient il si tost mortr:
Ce mest grat peine z greuance
Et ne me pourroit secourir
Mon or mo arget ma cheuace
Ie vois mortr la mort maudce
mais il me desplait some toute
Quest ce de male acoutumace
tel a braire venq ne voit goute

Le poure home

Vsure est tant
maulnaiz pechie
Comme chascun
dit: et raconte.
Et cest homme:
qui approchie
Se sent de la mort
nen tient conte.
Mesme largent:
que ma main copt
Encore a vsure
me preste.
Il deura de re
tour au compte.
Nest pas quite
qui doit de reste.

Vado mori medicus: medicamine   Vado mori: nõ me retinet vi
non redimendus. Quitquid agat   ciosa voluptas: Nec luxus
medici pocio: vado mori.   auget viuere. Vado mori

Le mort

Medicin a tout voltre orinne
Voies vous Icy quamander:
Jadis sceutes de medicine
Asses pour pouoir commander.
Or vous vient la mort demander.
Côme autre vous conuient morir:
Vous ny poues contremander.
Bon mire est: qui se scet guerir.

Le medicin

Long têps a que lart de phisique
Jay mis toute mon estudie.
Jauoye science et pratique.
Pour guerir mainte maladie.
Je ne scay que le contredie
Plus ny vault herbe ne racine:
Naultre remede quoy quon die.
Contre la mort na medicine.

Le mort

Gentil amoreux gent et frique
Qui vous cuidez de grant valeur:
Vous estez pris la mort vous pique.
Le monde lares a doleur.
Trouplauez amer: cest foleur:
Et a morir peu regarder.
Ja tost vous changeres coleur.
Beaute nest quimage farder.

Lamoreux

Helas: or ny a si secours
Contre mort a dieu amourettes:
Moult tost va semesse a decours.
A dieu chapeaux bouques fleurettes
A dieu amans et pucelettes:
Souuienne vous de moy souuent.
Et vous mirez se sages estes:
Petite plue abat grant vent.

b.i

<table>
<tr><td>

Le mort
Aduocat sans long proces faire
Venez voftre cause plaidier,
Bien aues sceu les gens actraire
De pieca: non pas duy ne dier.
Conseil si ne vous peut aidier,
Au grant iuge vous fault venir
Sauoir le deues sans cuidier.
Bon fait iustice preuenir.

Laduocat
Cest bien droit que raison se face
Ne ie ny scay mectre deffence:
Contre mort na respit ne grace:
Nul napelle de sa sentence.
Jay eu de lautruy quāt ie y pence
De quoy ie doubte estre repris.
A craindre est le iour de vengence
Dieu rendra tout a iuste pris.

</td><td>

Le mort
Menestrel qui danses et notes
Sauez: et auez beau maintien
Pour faire essoir sos, et sotes:
Quen dicte vous, alons nous bien
Mōstrer voꝰ fault puis q̃ vous tien
Aux autres cy: vng tour de danse
Le contredire ny vault rien
Maistre doit monstrer sa science.

Le menestrel
De danser ainsi neusse cure
Certes tresennuiz ie men mesle:
Car de mort nest painne plus dure
Jay mis sub le banc ma vielle.
Plus ne corneray sautercelle
Nautre danse: mort men retient.
Il me fault obeir a elle,
Tel danse a qui a cueur nen tient.

</td></tr>
</table>

Mors operat. fuga nulla patet: mortale tributū Soluere: nature lege tenet hō.
Vado mori cerneus q̃ mors cunc Vado mori pauper: nil mecum
tis dominatur Teusa videns defero: mundo. Contempto
mortis regia: vado mori. mundus transeo. vado mori.

Le mort
Passes cure sans plus songer:
Je sens questez abandonne.
Le vif le mort folies menger
Mais vous seres aux vers donne.
Vous fustez iadis ordonne
Miroer dautruy. et exemplaire.
De vous fais seres guirdonne.
A toute paine est deu salaire.

Le cure
Veuille on non il fault que me rende
Il nest homme que mort nassaille.
Vez de mes parrossiens offrende
Nauray iamais ne fineraille.
Deuant le iuge fault que ie aille
Rendre compte las doloreux:
Ey ay ie grant peur que ne faille.
Qui dieu quitte bien est eureux

Le mort
Laboreur qui en soing et painne
Auez vescu tout voltre temps:
Morir fault cest chose certainne
Reculler ny vault ne contens:
De mort deues estre contens
Car de grant souffy vous deliure
Approchez vous ie vous actens
Folz est qui cuide tousiour viure.

Le laboureur
La mort ay souhaite souuent
Mais volentier ie la fuisse:
Iamaisse mieulx fit pluye ou vent
Estre es vignes ou le fouisse:
Encor plus grant plaisir y priue
Car ie pers de peur tout propos.
Or nest il qui de ce pas ysse.
Au monde na point de repos.

·Pauperis et regis cõmunis lex moriendi
Corporis et aie societas non firmo vinclo
coheret: facile dirimitur. Stultum est in
eo confidere: quod leui perditur casu.

Dat causam flēdi si bene scripta legis
ferro, peste, flama, vinclio, ar
dore, calore. Mille modis leti:
miseros mors vna fatigat.

Le mort

·Promoteur venez a la court
Tantost: et soyez aduise
Respondre le long, ou le court,
Du cas qui vous est impose.
Cest: car vous estte accuse
Nauoir pas tousiours iustement
De vostre office bien vse.
En mal fait gist amendement.

Le promoteur

Jeusse demain receu six solz
Dun homme qui est en sentence
·Pour consentir qui fut absoulz
He ieusse estre a laudience.
·Plus ne me fault penser en ce
Mort ma souprliz en son embuche
·Prandre me fault en pacience
Bien charie droit qui ne trebuche

Le mort

En souffy, peine, et traueil,
Auez garder prisons geolier
Souuent on vous a fait resueil
Cuidanz dormir, ou sommelle,
Vous nen serez plus traueillie
Venez danser sans plus de plait
Ey est:ou vous deuez veillier
Il fault morir quant a dieu plait.

Le geolier

Je tenoye de bons prisonniers
Desquelx iatendoye recepuoir
·Pleine ma bourse de deniers
·Pour despence, et pour auoir
Les garder, et fait mon deuoir
De les penser bien loyalment.
Quant on meurt on doit dire voir.
Dieu scet qui dit vray, ou qui ment.

Vita quid ê hois: nisi res vallata ruinis. Est caro nrã cinis mõ pricipiũ mõ finis
Omnes enim mors cadere facit.   Non sũ securus hodie vel cras
sed post illam viuentibus pie: cellus   moriturus. Jntus siue foris
iudex deus miranda promittit.   est plurima causa timoris.

Le mort	**Le mort**
Pelerin: vous auez assez	Bregier: dansez legierement.
Aller en pelerinage.	Jcy nest pas qñon doit songer.
Trauelle estez: et lassez.	Voz brebis sont certainnement
Bien appart a vostre visage.	Maintenant en atruy danger:
Cest cy vostre derrenier vouage	Car vous serez pour abreger
Que bon vous soit faictez deuoir	Tost passez. plus ne pouez viure
La fin coronne tout ouurage.	Lestat de lomme est tost changer.
Selon euure payement auoir.	Qui meurt de maitz malx ê deliure
Le pelerin	**Le bergier**
En tout temps yuers et este.	Las: or demeurent en grãt danger
Vouager estoit mon desir.	Mes brebis aux chaps sãs pastour
Or suis ie par mort arreste	Loups estames pour les menger
Jen loue dieu: quant cest son plesir.	A ceste heure sont alentour.
Et luy prie qui me doint loisir	On pour leur faire acun faulx tour
De tous mes pechez confesser:	Loups sõt maluais de leur nature.
Pour mon ame en repos gesir.	Son cuyr il suent puis sont retour.
Ung tour me faloit tout lesser.	A tous vmains la mort court sure.

b.ii

Le mort

Faicte voye vous aues fort
Sus bergier.   Apres cordelier
Souuent aues preschie de mort
Si vous deuez moing merueillier,
Ja ne sen fault esmay baillier
Il nest si fort que mort narette.
Si fait bon a morir veillier,
A toute heure la mort est preste

Le cordelier

Quest ce: que de viure en ce monde.
Nul homme a seurte ny demeure:
Toute vanite y habonde
puis viêt la mort qua to⁹ court sure
Vendicite point ne me assure
Des messais fault paier lamende.
En petite heure dieu labeure,
Sage est le pecheur qui samende.

Le mort

Petit enfant na guere net
Au monde auras peu de plaisance.
A la danse seras mene
Côme autre. car mort a puissance
Sur tous: du iour de la naissance
Conuient chascun a mort offrir:
Fol est qui nen a congnoissance,
Qui plus vit plus a asouffrir.

Lenfant

A. a. a. ie ne scay parler
Enfant suis: iay la langue mue.
Vier naquis: huy men fault aller
Ie ne faiz que entree et yssue.
Rien nay mesfait, mais de peur sue
prendre en gre me fault cest le mieulx
Lordenance dieu ne se mue.
Ainsi toit meurt ieune que vie...

sparma prius: mõ saccus oleõ: post vermib' esca   In tumulo, pro qua dote supbit hõ.
Vado mors miserere mei rex   Vado mors sperans vitam sine
inclite xpe: Omnia dimictens   fine manentem. Spernens pre
debita: vado mors.   sentem: sic bene vado mors.

Le mort   **Le mort**   **Le mort**

Cuidez vous de mort eschapper
Clerc esperdu pour reculer:
Il ne sen fault ia defripper.
Tel cuide souuent hault aller
Quon voit acop tost raualler
Prenez engre: alons ensemble
Car rien ny vault le rebeller
Dieu punit tout ght bõ lui seble

Le clerc

Fault il qun ieusne clerc seruãt
Qui en seruice prent plesir
Pour cuider venir en auant
Meure si tost : cest desplesir
Ie suis quitte de plus choisir
Aultre estat. il fault quãsi dãse
Ja mort ma pris a son loisir.
Moult remaist de ce que fol pese

Clerc: point ne fault faire refus
De danser: faicte vous valoir.
Vous nestez pas seul: leues sus
pour tãt mois voz edoit chaloir
   Venez apres cest mon voloir
Põme nourry en hermitaige:
Ja ne vous en conuient doloir.
Vie nest pas seur heritaige.

Le hermite

Pour vie dure ou solitaire
Mort ne donne de viure espace.
Chascun le voit si sen fault taire
Or reger dieu qui don me face
Cest que tous mes pechies esface
Bien suis cõtens de tous ses biẽs
Desquelx ta vie de sa grace.
Qui na souffisance il na riens

Cest bien dit:
ainsi doit on dire
Il nest qui soit
de mort deliure
Qui mal vit
il aura du pire:
Si pese chãun
de bien viure.
Dieu pesera
tout a la liure
Bon y fait peser
soir et main:
Meilleur science
na en liure.
Il nest qui ait
point de demain
     b. iiii

Ortus cūcta suos repetūt matrē qz reqrūt Et redit in nichilū quod fuit aū nichil
·Paucitas dierū meorum finietur breui.   Vado moristultus, moro stul
di micte ergo me dūe vt plāgam paululū   to vel sapienti: Non iungit
dolorē meū: aūqz vadā et non reuertar.   pacio federa, vado mort.

Le mort

Aux bonnes gens de villages
Auez mengez la poulaille.
Vuz le viu: faitz grans oultrages
Sans paier denier ne maille.
Atout vostre chappeau de paille
Hallebardie: venez auant
Et danseres vaille que vaille
Autant vault dernier que deuant.

Le hallebardie

Je crainz passer le passage
De mort, quat bien ie y regarde:
Qui ne le craint: nest pas sage.
Rien ny vauldroit ma hallebarde.
Ne seroit pas vne bombarde,
Se ie me cuidoye desfendre.
Chascun se tienne sus sa garde.
Quāt mort assault il se fault rēdre.

Le mort

Que si dansez nest que vsage
Mon amy sot: bien vous aduient
De y danser, comme plus sage
Tout homme danser y conuient
Lescripture si men souuient
Dit en vng pas: qui bien lentend
Lomme sen vad point ne reuient
Chascune chose a sa fin tend

Le sot

Or sont maintenant bons amis
Et dansent icy dun accord:
·Pluseurs qui estoient ennemis
Quant ilz vinoient et en discord
Mais la mort les a mis dacord
La quelle fait estre tout vng
Sages et sotz: quant dieu lacord.
Tous mors sont dun estat cōmun.

Dies mei sicut vmbra de-
clinauerunt: et ego sicut
fenum arui. Tu autem
dñe in eternũ permanes.

Esto memor ꝙ puluis eris et vermibus esca
In gelida putreno quando iacebis humo.
Non erit in mundo qui te velit vltra videre:
Cum tua rancidior sit caro rupta cane.

Vous: qui en ceste portraiture
Veez danser estas diuers
Pensez que humainne nature:
Ce nest fors que viaude a vers
Je le monstre: qui gis enuers
Si ay ie este roy couronnez.
Tel seres vous bons: et per uers.
Tous estas: sont a vers dõnes.

Lacteur

Rien nest domme qui bien y pense.
cest tout vent: chose transitoire.
Chascun le voit: par ceste danse.
Pour ce vous qui veez listoire
Retenez la bien en memoire.
Car hõme et femme elle amoneste:
Dauoir de paradis la gloire:
Eureux est qui es cieulx fait feste

Bon y fait penser soir et main:
Le penser en est profitable.
Tel est huy: qui mourra demain
Car il nest rien plus veritable
Que de morir, ne moing estable
Que vie domme, on laparcoit
A leul, pour quoy nest pas fable.
Folz ne croit iusques il recoit.

Mais acuns sont a qui nenchault
Comme si ne fut paradis
Ne enfer, helas: il auront chault.
Les liures que firent iadis.
Les sains: le mõstrẽt en beaux dis.
Acquitez vous que cy passes:
Et faitez des biens: plus nen dis.
Bienfait vault moult es trespasses

Puis que ainsi est que la mort soit certainne:
Plus que aultre rien terrible et douloureuse:
Et que chose ne peult estre incertainne
Puis que en est leure horrible et angoisseuse
Et soit si briefue et par tant perilleuse
Las nostre vie: en cette valee miserable,
Il mest aduis pour le plus conuenable:
Que nous deuons du tout entierement
Mectre soub pie ce monde decepuable,
Pour bien morir et viure longuement,

Delesser doit toute ioye mondainne
Et mener vie humble et religieuse
Qui monter veult a latressouuerainne
Cite des cieulx qui tant est glorieuse,
La contempler doit toussiours lame eureuse,
Qui ayme dieu et hait euure de diable
Suiure les bons estre a tous charitable
Soy confesser souuent denotement
Et messe ouir qui tant est profitable,
Pour bien morir et viure longuement

Troup sabuse homme qui demainne
Orguiel en luy et vie ambicieuse.
Quant il scet bie que la mort tout emmainne
Qui viet souuent soudainne et merueilleuse,
Mais doit penser la passion piteuse
Du redempteur, et la peine doutable
Denfer sans fin, qui est inenerrable,
Le iour hatif du diuin iugement,
Et ses peches, comme saige et notable,
Pour bien morir et viure longuement

O mortel homme: et ame roissonnable:
Se apres ne veulx mort estre dampnable
Tu dois le iour vne fois seulement
Penser du moins ta fin abhominable
Pour bien morir et viure longuement

Sensuiuent les dis des trois mors: et tros vifz. et doit on
premierement lire ceulx des mors pour mieulx les entedre

Le second vif

Est ce doncques a bon esciant
Que la mort nous va espiant
Et qui nous fault ainsi mourir.
Nest il homme qui secourir
En puist: pour or ne pour argent:
Helas: conuient il ieune gent
A tel horrible te venir.
Oncques ne men peult souuenir
Mais ie voy bien que cest acertes.
Ie voy les ensengues appertes.
De mort passerons les destrois:
Et deuenrons comme ses trois
Cest la fin de nostre besongne.
Helas helas: meschant charongne:
Mais que tu faces tes plasirs:
Tes volentes: tes faulx desirs:
Il ne te chault du remenant.
Or veons nous bien maintenant:
Que par toy nous sumes deceu
Qui iusques a cy te auons creu.
Et de nous ames peu te chault
Be elle ouf: ou froit ou chault.
Fy: charongne qui rien ne vaulx.
Tu ayme mieulx les grans cheualx
Les beaux habitz si pol durable:
Et telles choses corrumpables
Pour toy meschãs corps z rebelle
Que tu ne fais vne ame belle.
Et si scez bien que tu mourras
Et en la terre pourriras
Ou lame pardurablement
En ioye viura: ou en torment
Pensons doncques si bien finer
Que en ioye puissons regner
Bon y fait penser quant on peult
Souuẽt on ne peult quãt on veult

Le tier vif

Certe cest bien dit: mais au fort
Il ny a point de desconfort.
Tous nous conuient passer ce pas.
Et croy que dieu ne nous hait pas
Mesbeaux seigneurs z beaux amis
Quãt ses trois mors noˀ a trãsmis
Qui dõne nous ont cougnoissance
De la mort. et de la meschance
Qui nous vient finer nostre ioye
Helas: iamais ie ne cuidoye
Que ce temps cy nous deust faillir
Ne que mort osast accaillir
Telz gentilz gens comme sommes
Mais ie voy bien que riches hõmes
Sont tel, et de nulle value:
Ne plus ne mains que gent menue
Nen parlons plus: cest tout neant
Maintenant ie suis cler voyant
Que la ioye du monde est briefue:
Et la fin delle point: et griefue.
En enfer est horrible paine,
En paradis a ioye plaine
Sur toute ioye delectable
Et lune et lautre est pardurable.
Or ensuiuons ie vous emprie
Desormais la meilleur partie
Fol est qui choisit: et depart:
Quant il eslit la pire part,
Deux voies auõs deuãt nous peur
Nous qui viuons iennes z vieux
Vne a ioye. et repos menne:
Lautre a torment. et a peine.
Pour ioye et repos auoir
Bien fault faire doit on sauoir
Qui mal fait et ne se repent
Il aura peine et torment

Le premier vif.

O saincte croix par ta puissance
Don ie voy cy la remembrance.
Garde mon corps: et ne consens
Que ie perde auiourduy le sens.
Pour ceste gent hydeuse et morte
Que telz nouuelles nous apporte
Nouuelles dures et peruerses:
Las: entre les choses diuerses
Touchans nostre fragilite.
De quoy nous ont dit verite
Mon poure cueur de paour treble:
Quãt trois mors ainsi voit ensemble
Deffigures: hydeux diuers.
Tous pourris: et menges de vers.
Le premier dit: bien men souuient
Que mort endurer nous conuient
A grant angoisse et grant douleur
Dont il me fist muer couleur

Et des ames dit vne chose:
Que declairer ne veult ne nose
Ie croy cest de leur dampnement
En enfer perdurablement
Telz nouuelles ne sont pas bonnes
Las: nous chetifues personnes:
A quoy no⁹ fist oncquez dieu naistre
En ce meschant monde pour estre
Si tost liurez a tel ordure
De ma vie nauray iamais cure
Quant ie voy que les gẽs qui viuẽt
Tant de maleurte ensuiuent
Que ie prise troup mieulx assez
Le poure estat des trespassez
Car tousiours sans fin durera
Ou celuy des viuans finera
Et en lestat que tousiours dure
Chascun viure doit mettre cure.

Le premier mort

Se nous vous aportons nouuelles
Qui ne soient ne bonnes ne belles:
A plaisance, ou a desplaisance.
Prendre vous fault en pacience.
Car ne peult estre autrement.
Beaux amis: tout premierement
Non obstant quelconque richesse:
Puissâce honneur force ou ieunesse
Nous vous denôcons tout de voir
Qui vous conuient mort receuoir
Vne mort helas: si douloureuse:
Si amere: sy angoisseuse:
Que les mors qui en sont deliure:
Ne vouldroient iamais reuiure:
Pour morir encor de tel mort
Et apres quant vous seres mort
Tout ainsi que pourres truans
Vous seres hydeur, et puans.

Des nostres: et de noz liures
Et vous ames seront liuree
Je nen dis plus: mais cest du pire,
Il me souffit assez de dire
De vos meschans corps la misere
Qui ne sont pas dautre matere
Certainnemêt ne que nous sômes
Na guere estions puissans hômes
Or sommes telz comme voyez:
Se vous voules si pouruoyez.
Et bien y deuez pouruoir
Quant en nous vous pouez veoir,
Comme de vous il aduiendra
Et quel louier mort vous rendra
Car voz corps q sont plens dordure
Aller sera a pourriture.
Telz côme vous vn teps noz sumes
Tel seres vous comme noz sômes.

Pouruoiez y se vous voulez
Autrement que vous ne soulez
Car certe la mort vous espie
Pour vous oster des corps la vie
Plus briefment que ne cuidez
Qui estes sy oultrecuidez
Que pour vng pou de ioye vainne
Vng pou de plaisance mondainne
Qui est de cy courte duree
Tost venue: plus tost allee:
Voulez perdre la ioye finne.
De paradis qui point ne fine
Et que pis est: dampnes seres.
Aultrement nen eschapperes
Mais se sera sans deliurance
Comme auez vous atel plaisance
Dictes nous meschans orguilleux
En ce monde cy perilleux
Ou il na que diuisions
Diuerses tribulacions
Puis guerre: puis mortalite:
Tousiours nouuelle aduercite
Reuient auant que laultre faille.
Vous ne sauez homme sans faille
Tãt soit puissant veulle non veulle
Qui ne seuffre: qui ne se deulle:
Alleurs doncques repos queres
Car si point ne le trouueres
Repos aurez en paradis:
Se croire vous voulez les dis
Des saiges qui conseillent faire
Ce que faire est necessaire:
Pour laquerir: et pour lauoir.
Rien mieulx nully ne peult auoir
Faicte des biens plus que pores
Autre chose nen porteres.

O folle gent mal aduisee
Que ie voy ainsi desguisee
De diuers habitz et de robes
Et dautre chose que tu robes
Tant puante charongne a vers
Et prens de fort et de trauers
Ne il ne te chault don te viengue
Mais que ton estat se maintiegne.
Quant ie reuoy tes faulx delitz
De vins, de viande les delitz.
Les grans exces les grãs oultrages
Don ceulx qui font les labourages
Aux chãps et pour toy se trauaillẽt
Tous nuz et de faim crient et baillẽt
Quant ie voy tel gouuernement
Je doubte que soudainnement
Dieu telle vengence nen face
Que vous nayez temps ne espace
Seulement de luy crier mercir
Cuides vous tousiours regner cy
Folz meschans de male heure nez
Qui en ce point vous demenez
Nenny nenny vous y mourrez.
Faicte du pis que vous pourrez
Lors aurez perdurable vie
Bonne ou male nen doutez mie
Dieu est iuste il paiera
Chascun selon ce qui fera
Faicte des biens natendez pas
Que ceulx apres vostre trespas
Pour vous en facent q̃ ames chier
Qui de vous ne voudroiẽt apprchier
En la terre vous porteront
Et tost apres vous oblieront
Et telz cuidez vous bon amis
Qui sont voz plus grans ennemis

Las: et pour quoy prent tu si grant plaisir
Homme abuse plain de presumpcion
En ce fault monde. ou na que desplaisir
Enuie: orgueil: guerre: et discension
Bien maleurense est ton affection.
Que pense tu: as tu plus grant enuie
de viure en doubte en ceste courte vie
Qui les mondains a la mort denfer maine,
Cest bonne chose de viure en vie certainne.
Las tu sces bien: si tu nes insensible
Que cest chose forte. voire impossible
De auoir la sus ton aise entierement:
Et apres mort la sus pareillement
Helas: pour tant change condicion:
Et te rauise. ou tu es autrement.
Homme deffait et a perdicion.

Le quel veul tu: ou vie. ou mort choisir,
Choisir des deux tu as discrecion.
Ayme tu mieulx de ton corps le desir:
Pour ton ame mectre a dampnacion
Que viure vng peu en tribulacion:
Et que apres mort soit ton ame rauye
En gloire es cieulx: qui de nul deseruie
Estre ne peult en ceste vie humainne.
Si ne lesse terre: auoir: et demainne
Et pere: et mere: et tout sil est possible:
Et viure en peine, et en labeur terrible
En seruant dieu toussiours paciemment.
Cest le chemin qui conduyt seurement
Apres trespas lomme a saluacion
Et qui va autrement: il va a dampnement
Homme deffait et a perdicion.

Cuide tu cy toussiours auoir laisir
Dauoir pardon sans satisfacion
Et toute nuit en blanc lit mol gesir
Puis a cesiour sans operacion
Passer le temps en delectacion
Tant que du tout la char soit assouye:

Pense tu point qui faille que on deule
Et que prengne fin puiſſance mondainne
Helas ouy: car mort viendra ſoudainne
Vne heure atoy: a tout ſon dart horrible
Si tres acoup comme choſe inuiſible
Que pas nauras laiſir aucunement
De dire adieu peccaui ſeulement.
Ainſi mourras toſt ſans contriccion
Don tu ſeras par diuin iugement
Homme deffait et a perdicion.

Homme en peril ſache certainnement
Que ce tu nas autre vouloir briefuement
De tamender: ne aultre deuocion
Tu te verras vng iour ſubitement
Homme deffait et a perdicion.

Arte noua preſſos ſi cernis mente libellos:
Ingenium tociens exuperabit opus.
Nullus adhuc potuit huiuſ contingere ſummu
Ars modo plura nequit: ars dedit omne ſuū.

Vir fuit iſtud opus quod conditor indicat eius

Cy finit la danſe macabre hyſtoriee ⁊ augmē
tee de pleuſeurs nouueaux parſonnages et
beaux dis. et les trois mors et troiſ vifemſē
bles. nouuellement ainſi compoſee et impri
mee par guyot marchant demorant a paris
ou grant hoſtel du college de nauatre en
champ gaillart Lan de grace mil quatre cent
quatre vingz et ſix le ſeptieme iour de iuing

La danse macabre des femmes
Et le debat du corps et de lame

Lex metuenda premit mortales, omnibus vna
Mors cita sed dubia, nec fugienda venit
Circuit et surgens sol vitam prestat, et item
Lun cadit anichilat quod nichil ante fuit
Sic dat, sic retrahit, iterum trahet, atqz retraxit
Omnia, sol girans quod dedit, ipse trahit

L'acteur

Mirez vous icy mirez femmes   Pour noblesse, ne pour honneur.
Et mettez vostre affection: Pour richesse, ou povurete.
A penser a voz povures ames   Pour estre dame de valeur.
Qui desirent saluation.   Ou femme de mendicite
Cy bas nest pas la mansion   Ne differe mort equiter
Ou vous deuez estre tousiours   Mais autất dune part que daultre
Mort metz tout a destruction.   Sans auoir mercy ne pite.
Grant et petit meurt tousleiours   Vuy prent lune: et demain laultre.

Ludite formose tenere cantate puelle.
Nam defluunt anni more fluentis aque
Nec que preteriit iterum reuocabitur vnda.
Nec que preteriit hora redire potest.

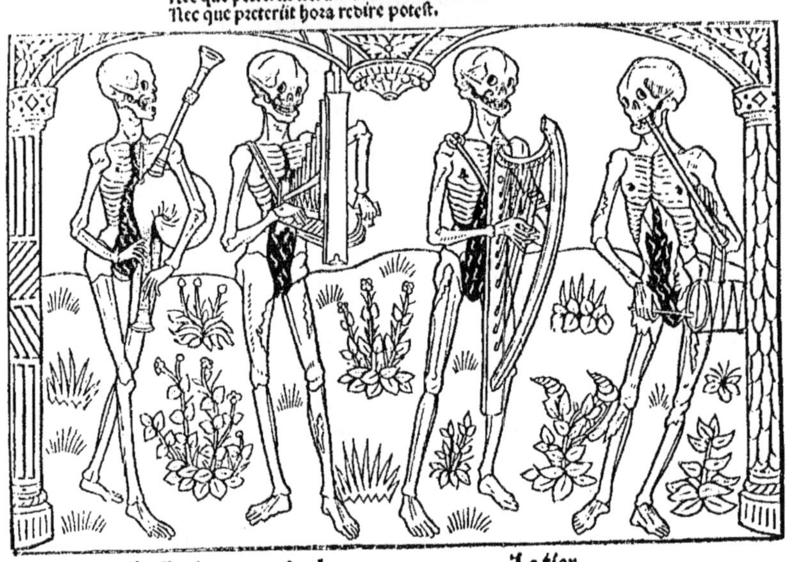

Le pmier menestrel

Venez dames et damoiselles
Du siecle et de religion.
Vesues, maries, et pucelles,
Et autres sans exception
De quelconque condition
Toutes: danser a ceste danse
Vous y venrez, veullez ou non,
Qui sage est souuent y pense.

Le second

Quoy sot voz corps: ie vo⁹ demade
Femmes iolies tant bien parees
Ilz sont pour certain la viande
Qui tout sera aux vers donnee.
Des vers sera doncques deuoree
Vostre chair: qui est fresche et tendre
Ia il nen demourra goute.
Voz vers apres deuiendront cendre

Le tier

Compaignon bonne est ta raison
De ses femmes oultrecuidees:
Que leurs corps sera venaison
De vers puans vng iour mengee,
En porroient elles estre gardee
Pour or, argent, ne rien qui soit:
Nenny, bien sont doncques abusee
Qui ne samende il se decoit.

Le quart

O femes mirez vous en vng tas
Dossemens de gens trespasses:
Lesquelx ont en diuers estas
Au monde estez leurs temps passes
Et maintenant sont entasses
Lun sur lautre: gros, et menus,
Ainsi serez: or y penses.
La chair pourrie les os tous nuds.

Ex vtero natis posita est lex ire: sed esse
Certos: sub sole perpetuare nichil.
Ex vtero natis pedetentim calle sub ipso
Subdola mors comes est: nos laqueare studens.

La morte

Noble royne de beau coursage
Gente et ioyeuse a laduenant:
Jay de par le grãt maistre charge
De vous en mener maintenant
Et comme bien chose aduenant
Ceste dance commencerez.
Faitez deuoir au remenant
Vous qui viuez ainsi ferez.

La royne

Ceste dance mest bien nouuelle
Et ay le cueur bien surprins
Xe dieu quelle dure nouuelle
As qui ne loit pas apprins
En la mort est tout comprins
ne.dame.grant ou petite
plus grãs sõt les pmiers prins
e la mort na point de fuyte

La morte

Apres ma dame la duchesse
Vous vien querir et pourchasser
Ne pensez plus a la richesse:
A biens ne ioyaulx amasser.
Auiourduy vous fault trespasser.
Pour quoy de vostre vie est fait
Folie est de tant embrasser.
On nemporte que le bienfait.

La duchesse

Ie nay pas encore trente ans
Helas: a leure que commence
A sauoir que cest de bon temps
Mort me vient folly ma plaisance
Jay des amis. et grant cheuance.
Soulas. esbas. gens a deuis
pour quoy moingz me plaist cendãce
Gens allez si meurent enuys.

c.iii.

Passibus inuigilat nostris mors: omnia rouens
Nec finit esse diu. quicquid in orbe fluit
Continuo cadimus viuentes. fila sororum
Atropos arumpens emula sepe venit.

La morte

Or ca ma dame la regente
Qui auez renom de bien dire.
De danser. fringuer. estre gente
Sur toutes quon sauroit eslire.
Vous soliez autres faire rire
Festier gens et ralier
Or est il temps de vous reduire.
La mort fait tretout oublier.

La regente

Quant me souuient des tabourins
Nopces. festes. harpes. trompettes.
Menestrelz. doulcines. clarins:
Et des grans cheres que iay faictes
Je congnoiz que telx entrefaictes
En temps de mort nont poit de lieu
Mais tornent en pouures eplectes
Tout se passe fors amer dieu.

La morte

Gentille femme de cheuallier
Que tant amez deduit de chasse
Les engins vous fault habiller
Et suiure le train de de ma trasse
Cest blé chasser quat on pourchasse
Chose a son ame meritoire
Car au derrain mort tout enchasse
Ceste vie est moult transitoire

La femme du cheuallier

Pas si tost mourir ne cudoye
Et comment dea: ie souppe hier
Sur lerbe verte a la sauffoye
On fis mon esperuier gayer
En rien plus ne se fault fier
Et quest ce des fais de se monde
Huy rire demain lermoyer.
La fin de ioye en deul redonde.

La morte

Dame abesse vous lesserez
Labbaye que auez bien amee.
Oun peu des biens nemporterez
Plus nen serez dame appellee
Vostre crosse dargent dource
Vne de voz seurs auera
Qui apres vous sera sacree
Tout fut aultruy: tout y sera.

Labesse

Le seruice hier ie fasoye
En leglisse comme abesse
Et ma crosse dargent portoye
A matines et a la messe
Et auiourduy fault que ie lesse
Abbaye crosse et couuent
Hee dieu: de ce monde quest ce.
On est de mort somprint souuent

La morte

Dame ployez voz gorgeretes
Il nest plus temps de vous tarder
Voz torctz froteaulx et bauetes
Ne vous porroient icy aider.
Pleusents sont deceu par cuider
Que la mort pour leur habit fleche.
Chascun il deust bien regarder
Par habit mainte femme peche

La femme de lescuier

Hee: quay ie mesfait ou mesdis
Dont doit souffrir telle perte
Jauoye achete au landit
Du drap pour taindre en escarlete
Et eusse eu vne robe verte
Au premier iour de lan qui vient:
Mais mon emprise est descouuerte
Tout ce quon pense pas nauient.

La morte
Se vous auez sans fiction
Tout vostre temps seruir a dieu
Du cueur: en la religion
La quelle vous auoit vestue:
Celuy qui tous biens retribue
Vous compensera loyalment
A son voloir: en temps et lieu.
Bienfait quiert auoir bon paymēt
La prieuse
Se estoit en ma religion
Seruir a dieu tout mon desir:
En cloystre par deuotion
Dire mes heures a lesir.
Or mest venue la mort sesir.
Au monde nay point de regre.
Face dieu de moy son plesir.
Prandre doit on la mort engre.
La morte
Venez apres ma damoiselle:
Et serrez tous voz affiquetz
Nenchault se estez layde: ou belle.
Lesser vous fault plait et quaquetz
Plus ne tres a ses bancquetz:
Ou sent si souef leau rose.
Ne verrez iouster a rouquetz.
Femmes font faire moult de chose.
La damoiselle
Que me vallent mes grans atours
Mes habitz. ieunesse. beaute.
Quāt tout me fault lesser en plours
Oultre mon gre et volente.
Mon corps sera tantost porte.
Aux vers et a la pourriture.
Plus neu sera balle ne chante.
Ioye mondaine bien peu dure.

La morte
Et vous aussi gente bourgoise
Pour neant vous excusez
Il est force que chascun voise:
Comme veez et aduisez.
Voz beaux gorgias empesez
Ny font rien. ne large senture.
Maintz hommes en sont abusez
En tous estatz il fault mesure.
La bourgoise
Mes getz et et colletz de letice
Ne me exemptent point de mort
Mais mes grans ioyes et delices.
Me viennent icy a remort.
Ma conscience fort me mord
Des folies faictes en ieunesse
Qui me sont a rebours tresfort
Ioye en la fin torne en tristesse
La morte
Femme vefue venez auant
Et vous auancez de uenir
Vous veez les autres deuant
Il conuient vnefoiz finir
Cest belle chose de tenir
Lestat ou on est appellee
Et soy tousiours bien maintenir
Vertuz est tout par tout louee.
La femme vefue
De puis que mon mari morut
Iay eu des affaire graument:
Sans que ame maye secourut
Si non: de dieu gart seulement:
Iay des enfens bien largement
Qui sont ieunes et non pouruenus
Dont iay pitie mais nullement
Dieu ne lesse acuns despourueus.

fluctibus, aut morbo, seu flāmis, strage, veneno
Macra fames, calidum, frigora, cura, nocent.
Ergo quis in tantis possit cras dicere uiuam
Cum videat quotiens mors male uisa ferit.

La morte

Allons oultre gente marchande
Et ne vous chaille de peser
La marchandise quon demande:
Cest simplesse dy plus muser.
A lame deussez aduiser.
Le temps sen va heure apres heure,
Et nest tel que den bien vser.
Le merite et bien fait demeure,

La marchande

Qui gardera mon ouroueur
Tendis que ie suis a mal aise:
Mes gens ne feront que iouer
Les biés leur viennent a leur aise.
A dieu ma balance, et ma chaise.
Ou iay eu les yeulx diligens
pour plus cher vedre dont me posse.
Auarice decoit les gens.

La morte

Apres ma dame la balliue
Des quaquetz tenus en leglise:
Iuger auez par raison viue
Maintes gens a vostre guise.
Ie vous siguifie main mise
Pour pouruoir dautre en voz lieu.
Car auiourduy serez desmise.
Point ne se fault iouer a dieu.

La balliue

Car femme se plaint de leger
La costume nest pas nouuelle:
Que sentremecte de iuger
Des fais dautruy et non pas delle
Chascune se repute telle
Que ce quelle fait est bien fait.
Quoncques mal ne fut dit par elle
Il nest rien au monde parfait.

La morte

Pour vous monstrer vostre folie
Et quon doit sur la mort veiller:
Ca la main espousee iolie
Allons nous en deshabiller.
Pour vous ne fault plus trauiller
Car vous viendrez coucher ailleur
On ne se doit trop resueiller.
Les fais de dieu sont merueilleux

Lespousee

En la iournee quauoye desir
Dauoir quelque ioye en ma vie:
Ie nay que deul et desplaisir
Et sil fault que tantost deuie.
Hee mort: pour quoy as tu enuie
De moy: qui me prent si a coup.
Si grant faulte nay deseruie.
Mais il fault louer dieu de tout.

La morte

Femme nourrie en mignotise
Qui dormez iusques au disner:
On va chauffer vostre chemise
Il est temps de vous desieuner.
Vous ne deussez iamais ieuner:
Car vous estez trop maigre z vuide
A demain vous viens adiourner.
On meurt plus tost que on ne cuide

La femme mignote

Pour dieu quon me voise querir
Medicin ou appoticaire.
Et comment: me fault il morir
Iay mary de si bon affaire.
Aneaulx, robes, ir, ou dir pastes
Ce morceau cy mest trop aigret
Moult se passe tost vainne gloire.
Fème en ses faulx ment a regret.

Non licet vt video vahe confidere vite
In qua nulla fides est nisi certa morti.
Finge vt aspicias morientem: sed fremez nanque
Consimili pena te vocat vna dies.

La morte
Doulce fille et belle pucelle
Ne vous chaille ia de lesser
La misere de vie mortelle
Qui conuient a chascun passer.
Car qui vouldroit bien tout tracter
Il na seurte narrest en lieu
Fors son sauuement pourchasser.
Virginite plait bien a dieu.

La pucelle vierge
En se siecle ieunes ne ne vieulx
Ne sont pas en grant seurte
De larmes sont souuent les yeulx
Plains: pour ennuy. ou pouurete.
Se on a vne ioyeusete
Il vient apres quinze douleurs.
Pour vng bien: double aduersite.
Plaisir mondains finit en pleurs.

La morte
Nous direz vous rien de nouueaux
Ma dame la theologienne
Du testament vieulx ou nouueau
Vous vees comme ie vous menne
Et estez ia fort ancienne
Il fait bon cecy recongnoistre
Et a bien morir mettre paine.
Cest beacop que de se congnoistre.

La theologienne
Femme qui de clargie respond
Pour auoir bruit ou quon lescoute
Est des mommes de petit pont
Qui ont gras yeulx et voyent goute
Sage est qui rondement si boute
Et qui trop veult scauoir: est bugle.
Le hault monter souuent cher couste.
Chascun en son fait est auengle.

La morte
Apres: nouuelle mariee
Qui auez mis vostre desir
A danser. et estre paree
Pour festes et noupces choisir.
En dansant ie vous viens saisir
Auiourduy serez mise en terre
Mort ne vient iamais a plaisir
Ioye sen va comme feu de ferre

La nouuelle mariee
Las: demy an entier na pas
Que commence a tenir mesnage.
Par quoy si tost passer le pas
Ne mest pas doulceur mais rage
Iauoye desir en mariage
De faire mons.et merueilles,
Mais la mort de trop pres me charge
Vng peu de vent abat grans feuilles

La morte
Femme grosse prenez loisir
Dentendre a vous legerement
Car huy mourrez cest le plaisir
De dieu et son commendement.
Allons pas a pas bellement
En getant vostre cueur es cieulx
Et nayez peur acunement.
Dieu ne fait rien que pour le mieulx

La femme grosse
Iauray bien petit de deduit
De mon premier enfentement
Si recommende a dieu le fruit
Et mon ame parellement
Helas: bien cuidoye aultrement
Auoir grant ioye en ma gesine
Mais tous va bien piteusement
Fortune tost change et fine.

Dictez ieune femme a la cruche
Renommee bonne chamberiere:
Respondez aumoins quāt on huche
Sans tenir si rude maniere.
Vous ne irez plus a la riuiere
Bauer: au four, ne a la fenestre.
Cest cy voltre iournee derreniere.
aussi tost meurt seruāt que maistre

La chamberiere
Quoy: ma maistresse ma promis
Me marier. et des biens faire.
Et puis si ay dautres amis
Qui luy aideront a parfaire
Hee: men iray ie sans rien faire.
Ien appelle: on me fait tort
Aussi ne men seroye ie taire.
Peu de gens desirent la mort.

La morte
E auez vous recommanderesse:
Soit vng bon lieu pour moy loger
Iay bien mettier que on madresse:
Car nul ne me veult heberger.
Mais ien fer ay tant desloger
Que on cognoistra mon enseigne.
Mourir fault pour vous abreger.
Nul ne pert que autre ne gaigne

La recommanderesse
En la mort na point de amite
Et si ne fait rien pour requeste.
Or, argent. priere. pite.
Pour neant on sen rompt la teste.
Qui y veult resister est beste.
La mort a nulluy ne complaist
Et fault tous danser a sa feste.
Mourir conuient quāt a dieu plaist

La morte
Ma damoiselle du bon temps
A tout voz anciens atours:
Il est de vous enuenir temps
Nature a en vous pris son cours
Vous ne pouez viure tousiours
Je voy deuant: venez apres
Et ne faictez point longz seiours
Vieilles gens sont de la mort pres.

La vielle damoiselle
Jay voirement mon temps passe:
Et ayme mieulx ainsi mourir
Que reueoir ce qui est passe.
Et tant de miseres courir
Jay veu pouures gens languourir
Et autres choses dont me tais.
Enfens: pour bien viure et mourir
Il nest plus grant bien que de pais

La morte
Femme de grant deuotion
Cloez voz heures. et matines.
Et cessez comtemplation
Car iamais nyres a matines
Se voz prieres sont dignes
Elles vous vaudront deuant dieu
Rien ne baillent souppirs ne signes
Bonne operation tient bon lieu.

La cordeliere
Je remercye le createur
A qui plaist de me enuoyer querre
En louent le bon redempteur:
Des biens qui ma donne sur terre
Aux temptacions ay eu guerre
Qui est moult forte a demener
Mais il aide qui veult requerre
Seruir dieu est: viure et regner.

Est baculo illa dies hodie. quia forte dierum
Est michi sola dies. heu metuenda dies.
Atqʒ horrenda dies. quia tunc michi meta merendi
Clauditur. illa dies leta ve, dira ve dies.

La morte

Femme daccueil et amiable
A featier gens a plante.
Acquis auez amis de table
Pour parler de ioyeusete
Le temps nest tel quil a este
Rien ne vault icy vacabont
Parler. qui nest que vanite
Ceulx qui ont le bruit ont le bont

La femme daccueil

Auiourdy parens et amys
Promectent mons et merueilles
Mais quāt voyēt quon est bas mis
Il bastent trestous les oreilles
Et sont aussi sours comme fueilles:
Que le vent fait voler par coupplet
Et que vallent promesses telles.
Vrais ne sōt pas les amis doubles

La morte

Apres nourrice: vostre beaux filz
Nonobstant son couuertouer
Et son beau bonnet a trois fils
Vous ne le menrez plus iouer
Deslogez vous sans delayer
Car tous deux mourres ensemble
Vous ne pouez plus cy targer
la mort prēt tout quāt bon ly sēble.

La nourrice

A ceste dance fault aller
Comme font les prestes au seyne
Je voulsise bien reculler:
Mais ie me sens la bouce en layne
Entre les bras: de mon alaine
Cest enfant meurt desploinue.
Cest grant pite de mort soudaine
Il nest qui ait heure ne demie.

La morte

Pas ne vous oblieray derriere
Venez apres moy: ca la main
Entendez plaisante bergiere
On marchande cy main a main
Aux champs nirez plus soir ne mat
Veiller brebis: ne garder bestes.
Rien ne sera de vous demain
Apres les veilles sont les festes

La bergiere

Je prens conge du franc goutier
Que ie regrecte a merueilles.
Plus naura chappeau de glantier
Car vecy piteuses nouuelles
A dieu bergers et pastourelles
ʒ les beaux chāps q̄ dieu fit croistre
A dieu fleurs. et roses vermeilles.
Il fault tous obeir au maistre.

La morte

Apres pouure vielle aux potences
Qui ne vous pouez soustenir
Cy bas nauez pas vos plaisances
Aussi vous enconuient venir.
Lautre siecle est a aduenir.
Ou pour vostre mal et misere
Pouez a grant bien paruenir.
Dieu recompense tout en gloire

La femme aux potences

De viellesse ne voy mais goute.
Par quoy ne crains guere la mort
Dix ans y a que iay la goute;
Et maladie me greue fort
Mes amis ont le mien a fort
Et nay vaillant deux blans cōteus
Dieu seul est tout mon reconfort
Apres la pluye vient le beau temps

Ortum suum queq̃ repetunt. terram que sequntur.
flos fluit. vmbra fugit. omnia nata cadunt,
Nil reputo longum. dubius quod terminus angit
Crastina forte dies. est michi sola dies.

La morte

Va pouure femme de village
Suiuez mon train sans retarder
Plus ne vendre eufne formage.
Allez vostre panier vuider
Se vous auez bien sceu garder
Pouurete. pacience. et perte.
Vous en pourrez moult amender.
Chascun trouuera sa deserte.

La femme de village

Je prens la mort vaille que vaille
Bien engre. et en pacience:
Grãs archies ont pris ma poullalle
Et en toute ma substance.
De pouures gens nul nen pense.
Entre voisins na charite.
Chascun veult auoir grant chevãce
Nul na cure de pouurete.

La morte

Et vous ma dame la gourree
Vendu auez maintz surplis
Donc de largent estes fourree
Et en sont voz coffres remplis
Apres tous souhaitz acomplis
Conuient tout lesser et bailler
Selon la robe on fait le plis
A tel potage telle cuiller

La vielle

Atout mon cas bien recongnoistre
Je nay pas vescu sans reprouche.
Me suis affuble de mon maistre
Comme fait coquin de sa pouche
Jay souuet mis ses vis en brouche
Et lay fait despendre a ma guise
Mais maintenat la mort maproche
Tant va le pot a leau qui brise.

La morte

Approchez vous reuenderesse
Sans plus cy faire demouree.
Vostre corps: nuit et iours ne cesse
De gaigner pour estre honnouree.
Honneur est de pouure duree.
Et se pert en vng moment deure
Au monde na chose asseuree
Tel rit au main qui au soir pleure.

La reuenderesse

Jauoye bier gaigne deux escus
Pour sorfaire subtilement
Mais ne scay qui sont deuenus
Argent acquis mauuaisement
Ne fait la bien communement
Helas ie meurs: cest daultre metz.
Que iay le preste hastiuement
Il me vault mieulx tard q̃ iamais

La morte

Femme de petite value
Mal viuant en charnalite:
Menez aue vie dissolue
En tous temps yuer et este
Naye le cueur espouente:
Combien que soyez de pres tenue
Pour mal faire on est tormente.
Peche nuit quaut on continue.

La femme amoureuse

A ce peche me suis soubmise
Pour plaisance desordonnee:
Pendus soiet ceulx qui my ont mise
Et au mestier habandonnee
Laoise leusse este bien menee:
Et conduite premierement
Jamais ny eusse este tournee
La fin suit le commencement

Prth quiscunque dies sibi longos estimat. errat.
Nulli est tota dies viuere tuta dies.
Frustra dico dies. sit mencio nulla dierum.
Cu a ster nulla dies vna nec hora quies.

La morte
Venez ca garde dacouchees
Dresse auez maints baingz perdus
Et les cortines attaches
Ou estoient beaux bocques pendus
Biens y sont estez despendus.
Tant de motz ditz que.cest vng songe
Qui seront apres cher vendus.
En la fin tout mal vient en ronge.

La garde dacouchees
Jay voyremet dresse maintz baings
Pour les comperes et commeres:
Ou sont este pastes de coings
Menges. darioles, goyeres.
Tartes. et fait mille grans cheres.
Si tost quon a oster la table
Il nen souuient a nulluy gueres.
Joye de menger est peu durable.

La morte
Tirez vous pres petite garsete
Baillez moy vostre bras menu
Il fault que sur vo? la main mecte.
Vostre derrain iour est venu
Mort nespergne gros ne menu.
Grant ou petit: luy est tout vng.
Payer on doit: de tant tenu.
La mort est commune a chascun.

La ieune fille
Haa ma mere ie suis happee:
Vecy la mort qui me transporte.
Pour dieu quon garde ma poupee
Mes cinq pierres ma belle cote.
Ou elle vient: trestout emporte
Par le pouoir que dieu ly donne.
Vieulx et ieunes de toute sorte.
Tout vien de dieu: tout y retorne.

La morte
Suiuez mon train religieuse
De voz fais conuient rendre compte.
Se point nauez este piteuse
Aux poures: ce vous sera honte
En paradis point on ne monte
Fors par degre de charite.
Entendez bien a vostre compte
Tout ce quon fait y est compte.

La religieuse
Jay fait par tout ce que ia peu
Aux poures selon leur venue:
Les malades pense. et repeu.
Non si bien que ie estoye tenue.
Mais se faulte il eut aduenue:
Dieu me pardonne la defaille
Sa grace tousiours retenue.
Il nest si iuste qui ne faille.

La morte
Oyez oyez: on vous fait sauoir.
Que cest vielle sorciere
A fait morir et decepuoir
Pleuseurs gens en maise mainiere
Est comdamnee comme meurtriere
A morir ne viura plus gaire.
Je la maine en son cymitire.
Cest belle chose de bien faire.

La sorciere
Mes bonnes gens ayez pitie
De moy et toute pecheresse
Et me donne par amitie
Don de patenostre ou de messe.
Jay faitz des mal en ma ieunesse
Dont icy achete la prune.
Si priez dieu que lame adresse.
Nul ne peult contre sa fortune.

La royne morte

Je estoye royne couronnee
Plus que autre doubtee, et crainte
Qui suis icy aux vers donnee:
Apres que de mort fuz actainte.
Sur la terre ie suis contrainte
Destre couchee a la renuerse:
Pour quoy est dure ma complainte.
Bien charie droit qui ne verse

Prenez y qui me regardez
Exemple pour vostre prouffit
Et de mal faire vous gardez
Je nen diz plus il me souffit
Si non: car celluy qui vous fit
Quant il vouldra vous deffera.
Deffais estiez quant vous resfit
Qui bien fera bien trouuera.

Lacteur

O vous seigneurs et aussi dames
Qui contemplez ceste paincture:
Plaise vous prier pour les ames
De ceulx qui sont en sepulture
De mort neschappe creature.
Allez, venez, apres mourres
Ceste vie qui bien peu ne dure,
Faicte biens vous le trouueres.

Jadis furent comme vous estes
Qui ainsi dansent, en facon telle
Allas parlans comme vous faictes
De gens mort il nest plus nouuelle.
Ne il nenchault dune senelle
Aux hoirs ne amis des trespasses:
Mais qui ayent argent, et vaiselle
Ayez les en pite: cest asses.

Sed superest meritis mercedem sumere dignam.
Optima pro meritis. et victosa pati.
Aspice iudicium hoc metuendum. iudice tanto
Qui vocat. et venit illa timenda dies

Puis que ainsi est quil nous fault tous finir:
Et apres fin compte a dieu du tout rendre.
Las: desormas vueillons nous manteuir
Si saintement: sans tache et sans mesprendre:
que a leure horrible ou mourt nous vouldra prédre
Nostre pouure ame a present vicieuse
Soit des vertus tant riche. et precieuse
Que voler puisse en la clere cite.
Ou est plaisir. ioye. et felicite.
Salut. vertus. aussi paix pardurable.
Vie sans mort. beaulte. sante. ieunesse.
Los pieu. pouoir. et force insuperable.
Qui tousiours dure: et qui iamais ne cesse.

Las nous voyons tous lesiours mort venir
Qui est la fin que nous debuons actendre.
Et ne sauons que peulent deuenir
Les esperiz: quant les corps sont en cendre.
Les bons vont sus. les mauuais fault descendre
En vne chartre obscure. et tenebreuse:
Ou est vermine immortelle angoisseuse.
Misere. enunis. faulte. et necessite.
Faim. soif. pleur. cry. et toute aduersite.
Honeur. peur. fraieur inenarrable.
Mort sans mourir. desespoir et tristesse.
Feu sans lumiere. et froit intollerable.
Qui tousiours dure: et qui iamais ne cesse.

Helas pour tant vueillons bien retenir
Tous ces poins cy: et a bien faire entendre.
Si que apres mort nous puissons peruenir
Ou hault royaume ou nous deuons tous tendre.
Qui tant riche est: que cueur ne peult comprandre
On y vit en paix quest chose glorieuse
Et oyt on son de voix si melodieuse

La ont les corps impassibilite.
Agilite. clarte. subtilite.
Et les ames: sapience admirable.
Puissance. honneur. seurete. et liesse.
Concorde: amour en gloire inseparable
Qui tousiour dure: et qui iamais ne cesse.

O mauuais riche: enfle de iniquite.
Rude aux pouures, las: que ta proffite
Ton riche habit: ta plantureuse table.
Puis que tu es pouure pour ta richesse.
Et as soif ores: et faim insaciable.
Qui tousiours dure: et qui iamais ne cesse.

Mors resecat: mors oime necat qd carne creatur
Magnificos premit et modicos cunctis dñatur
Nobilium tenet imperium: nullñ cp veretur.
Tam ducibus p principibus communis habetur
Mors iuuenes rapit: atcp senes nulli miseretur
Illa fremit genus oime tremit qd in orbe moetur
Illa ferit: caro tota perit: dum sub pede mortis
Conteritur. nec eripitur vir robore fortis.
Nil redimit: dñ mors perimit. quia federa nñcp
Nec precium. nec seruicium mors accipit vnqp.
Sed quid plura loquar: nulli mors impia parcit
Nec euadit inops: nec qui marsupia farcit.

Sensuit le debat du corps et de lame

Ne grant vision: la quelle est cy escripte:
Jadis fut reuelee a philibert lermite.
Homme de saincte vie: et de sigrant merite:
Quonque ne fut par luy faulse parole dicte.

Venuz estoit au siecle de grant extraction.
Mais pour fuir le monde et sa decepcion:
Quant luy fut reuelee icelle vision:
Tantost deuint hermite par grant deuotion.

La nuit quant le corps dort: et lame souuēt veille.
Aduint ad se prudome tresgrande merueille
Car vng corps murmurant sentoit a son oreille.
Et lame daultre part que du corps sesmerueille.

Lame se plaint du corps et de son grant oultrage
Le corps respond que lame a fait tont ce domage.
Lors alleguent raison: lors alleguent vsage.
Tout ce retient lermite comme prudom et sage.

d. i.

Hee doulant corps dit lame: quel es tu deuenu.
Tu estoye deuant hier pour sage homme tenu.
Deuant toy senclinoit le grant et le menu:
Or es soudainnement a grant honte venu.

Ou sont tes grans maisons et tes grans edifices
Tes cheuaux et tes tours: faictes par artifices.
Tes gentilz escuiers mis en diuers offices.
Tout seul es demore comme musart et nices.

Ou sont tes nobles fies: tes haultes signozies.
Et tant de beaux manoirs: toutes tes metaries.
De tes bestes a corne les grandes bergeries.
Rentes et reuenues quon te soloit paies.

Tu soloye dominer sur aultres comme roy.
Maintenant ont les vers la signozie de toy.
Tu es bien renuerse et mis en desarroy.
Car tu nas de tous biens la valeur dun tornoy.

On estimoit ton fait hier vne grant besoingne.
Qui saprochoit de toy maintenant sen essoingne.
Car tu es plus puanz que quelconque charoingne.
Nulluy ne te regarde qui nait de toy vergoingne.

Bien est le temps change et la chanse muee.
En lieu de grant maison et de chambre paree.
Entre sept pies de terre est ta char enserree.
Et moy pour tes meffais en enfer suis bannice.

Moy que dieu auoit faicte tant noble crature:
De tresnoble matere et de noble figure:
Il mauoit par baptesme faicte innocente et pure
Par toy suis en peche par toy suis en ordure.

Par toy dolente char suis de dieu reputee.
Pour quoy bleu dire puis: aquoy fuz oncques nee.
Mieulx me vaulsit assez que fusse anichilee.
Ou du ventre ma mere au sepulcre portee.

Tant comme as vescu en cest mortel vie:
De toy bien ne me vint: ne de ta compagnie.
A peche mas attraite et a faire folie.
Don ien suis en grãt peine. et tu ny fauldras mie

La peine que ie endure surmonte tout martire:
Que cueur pourroit penser ne langue seroit dire.
Sans confort. sans remeide. a durer tend et tire.
Quant peine tousiours dure il nest mal q̃ soit pire.

Ou sont tes chaps. tes vignes. tes terres cultiuee:
Tes maisons. tes cheuaux. et haultes tours leuees
Tes pierre precieuses. tes coronnes. dourees.
De lor et de largent les sommes embourfees.

Ou sõt tes lictz de plume z tes beaux couuertours
Tes robes a rechange sur estranges couleurs.
Les espices confites pour diuersces saueurs
Tes coupes et hennaps pour seruir grãs seigneurs

Ou sont tes esperuiers. et tes nobles oyseaux.
Tes braches te leuries courans par les bois haulx
En lieu de sauagine et daultres gras morceaux.
Est ta char cy endroit viande aux vermiceaux.

Le toict de ta maison enuers toy fort saprouche.
Car tu giez sur le bas. le hault ioinct a ta bouche.
En naz membre sur toy qui nait aucun reprouche
Os. char. et cuir pourrit. tu nas dẽt qui ne touche

Ce que as par peche par long temps amasse.
Par force, et par rapine, par serement fauce
Par peine, par labeur, par toy mesme lasse
En vne petite heure est ensemble passe

Tu neuz oncques parens ne amis en ta vie,
Qui nait honneur de toy et de ta compagnie
Ta femmes, tes enfens, et toute ta meugnie
Ne donneroient pour toy vne pome pourrie,

Ilz se passent de toy moult bien legerement
Car il ont maintenant tout en gouuernement
Ton or, et ton argent, et tout ton tenement
Tu nas de demorant fors que ton dampnement,

De toute ta richesse de toute ta substance
Que tu leurs as lessez en tresgrande habundance,
Ne donneroient pour toy ne pour ta deliurance,
Pour vng poure hôme auoir vng iour sa substâce

Or peult dôcques dolent corps sentir et esprouuer,
Pour quoy on doit le monde fuir et reprouuer,
Car on ne peult en luy fors fallace trouuer
Et si ne le peult on que par la mort prouuer.

Tu nas plº maistre ouurier que riche roube taille
Car tu as la liuree de pouure garsonnaille,
Tu ne feras iamais a pouures gens la taille,
Ne nauras grans cheualx pour entrer en bataille

Le monde hier te portoit reuerence et honneur
Les grans et les petis te clamoient leur seigneur,
Il nestoit si grant homme qui neust de toy peur,
Or as tu tost perdu ta gloire et ta valeur,

Regarde bien ta vie puis ta mort si remire,
Tu as este tirant qui tout prenoye a tire,
Or te tire vermine et derompt et dessire,
A tout ce que ie diz ne seroye contredire.

Tu na pas maintenant la peine et le torment
Que ie seuffre par toy: sans quelque allegement.
Mais tu lauras apres le iour du iugement.
Quant reuiendras en vie ou lescripture ment.
            La cteur
Quant le corps vit que lame tellement se pormene
Les dens estroit moult fort z mectz toute sa peine
A gemir et se plaindre et la teste demenne.
Comme sopirer puis et prandre son alenne

Quant la teste ot leuee et sa vertu reprise.
Si dit a lesperit iay mal mis mon seruice.
Tu as prins plait a moy comme folle et nice.
Il ne finera pas du tout a ta deuise.

Cy respond le corps a lame
 Se nest pas merueille se le corps se mesfait.
Car de par soy en luy il nya rien parfait,
Legierement sencline et tantost a deffait:
Tout ce que le droit veult et ce que raison fait

Dune part fiert le dyable: dautre le monde rue.
Pour quoy la poure char ne pourroit estre vne
Que ne soit par delit de leger abatue
Ou par consentement desconfite et perdue

Mais ainsi con tu dis: dieu ta faicte et cree.
De sens et de raison: denfendement aornee.
Il ta faicte ma dame et a toy ma donnee:
Ta chamberiere suis: par toy suis gouuernee.
                                          d. iii

·Puis doncques que dieu ta sur moy dõne puissãce
Et ta donne raison et clere congnoissance,
Tu deusse auoir estee de telle prouidence,
Que ie neusse faiz mal par aucune ignorance,

Sages hommes doiuent tous sauoir et entendre,
Que on ne doit la char ne blasmer ne reprandre
Le blasme en est a lame qui ne la veult deffendre,
Corps se doit deliter: et tous ses aises prandre,

Se lesperit ne fait la char considerer,
Chault, froy, fain, et soif, ne ly fait endurer,
Les delices mondainnes la font desmesurer,
Si que sans peche gaire ne peult homme durer,

La char qui doit pourrir ne scet point de malice,
On la demenne tout comme vne beste nice,
Legerement sencline a vertu, ou a vice,
Mais lesperit doit estre sa dame et sa nourrice,

Vices et peches faire ce estoit ma nature,
·Pourtãt se iay mal fait ie nay fait que droicture,
De droit faire ne doit aucune creature,
Estre blasmee, ne quon luy diet ou face iniure,

·Puis doncques que lame a la char en commande,
A la char il fault faire tout ce quelle commande,
Ie tienz a grant folie contre moy la demande
Que tu faiz de peche: ne scay que me demande,

De toy vient le peche: de toy vient la folie,
Ie ne puis plus parler: ne te desplaise mie,
Car ie sens entor moy vne menue mengnie,
Qui me mort et derompt: va ten et ie ten prie,

Celle menue mengnie sõt pluseurs vermiceaux
Gros enuiron comme sont pointes de fuseaux,
Mon vetre en est tout plain si est toute ma peaux
De moy ilz seront plus de cent mille morceaux,

Lozs a dit lame au corps encoz nest pas apoint
De lesser la querelle ne le plaif en tel point.
Ta parole est amere de doulceur ny a point.
La coulpe metz sur moy que durement me point.

Cy parle lame au corps
Toy char pouure et dolente pleine diniquite.
Ta faiblesse ma fait perdze ma dignite.
En tes paroles na acune verite
Et tout tant que tu diz nest fozs que vanite.

Verite est que lame doit la char chastier
Mais la char ne se veult pour lame coniger
Se lame la repzent ne fait que rechigner
Toussours veult gozmäder, risler, boire et mëger.

Quant la char doit ieuner elle a mal en la teste.
Se elle ne boit matin cest vne grant tempeste.
Vng peu de penitence luy fait si grant moleste.
Con ne peult delle auoir ioye, solas, ne feste.

Ie denoye par droit auoir la signozie.
Mais tu la mas fortraite par ta lozengerie.
Tes delices charneulx, et ta maluaise vie,
On perfond puis denfer ont ma teste pzongie.

Bien scay que iay erre quant ne tay refrence.
Mais par tes flesteries suis este baretee.
Par tes mondains plaisir mas apzes toy menee
Pour ce la plus grant peine te deut estre donnee.
d. iiii

Car tu es trop allez le chemin et la voye
Des delictz corporeulx que se te deffendoye.
De lennemis denfer que toustours nous guerroye
Pour quoy auons perdus de paradis la ioye.

Le monde deuant hier te moustroit beau visage.
Richesse te donnoit et delices au large
Et si te promectoit de viure long eage.
Ore te fait la moue: cest pater ton musage
Lacteur
Quant le corps voit que lame si tresfort le reprent
A crier et a braire vers elle se reprent.
Puis apres simplement sa parole reprent
Forment est dur le cueur a qui pite nen prent

Cy parle le corps a lame
Helas: quant me pouoye haultement maintenir
Mes grans porcessions et mes terres tenir:
Lors oncques de la mort ne me peult souuenir.
En piece ne cuidasse a tel honte venir

Et si neust pas souffit tout le temps de ma vie:
Dy auoir bien penser: et mis mon estudie:
Ce que ie ne fiz oncques ne heure ne demie:
Oyr parler de mort ie ne vouloye mie.

Il ne souffisoit pas tout le temps de ma vie.
Sans autre chose faire: si non a estudie
pour bië viure et morir. mais ne cõgnoissoye mie
Le mal que ie fasoye ne ma grande folie.

Or voy ie bñ sãs faille que a lamort riē neschappe
Ny vault or, ne argēt, mãteau fourre, ne chapýz.
Commandement de roý: ne autorite de pape:
Grans et petis conuient passer icelle trappe.

Bien voy que es damnee et que ie le seray
Tu seuffre maintenant apres le souffreray.
Mais assez plus tu dois souffrir que ne feray:
Et par moult de raisons ie le te monstreray.

Vray est: que en pleuseurs pas lescripture raconte.
Tant plꝰ dieu dõne a lõme et tant plꝰ hault le mõte
Tant plus estroitement luy fauldra rendre cõpte
Et si fault a compter: tant aura plus grant hõte.

Dieu ta donne raison, sens, et entendement:
Volente de fuir maluais consentement:
Et puissance de faire tout son commendement.
De ce rendras tu compte au iour du iugement

De tes puissances nobles as forment abuse:
Tout ton temps as perdu et folement vse
Et ton fait deuant dieu moult fort est acuse:
Pour quoy ta par raison paradis refuse.

Mais a moy qui ne suis que ta pouure portiere
Que vermine assault: et deuant et derriere
Dieu ne mauoit donne puissance ne maniere
Don ie puis sans toy aller nauaut narriere

La char ne peult sans lame: ne venir ne aller
Monter en paradis, ne en enfer deualer:
Sans lame ne peult elle ne sentir ne parler:
Ne les nus reuestir: ne les pouures hosteler.

Mais se lame vouloit ouurer par bonne guise:
Amer dieu de bon cuenr et faire son seruice:
Honnorer son prouchain: et seruir saincte eglise:
Elle menroit la char du tout a sa deuise.

Pour ce que iay estee toustiours a toy encline,
Ceste maison estroicte me debrise leschine,
Et selon lordenance de dieu qui point ne fine,
Ie suis toute puante et pleine de vermine.

Lescripture raconte car morir il conuient
Et que dure sera vne iournee qui vient.
Quant peine temporelle eternelle deuient,
O comme fol est lomme a qui point rien souuient.

        Lacteur
Adoucques sescrie lame par grant affliction.

Hee dieu pour quoy mas faicte de tel condicion,
Que ie viuray tous temps sans terminacion
En peine: quant certain estoye de ma dampnacion,

Ie tien la beste brute plus que moy euree,
Car quant son corps est mort: son ame est allee.
Pour ce me vaulsit mieulx: que fusse anichilee,
Quant suz cree que destre ainsi toustiours dapnee.

Cy demande le corps a lame

Respond moy dit la char dune telle demande
Ceulx qui sont en enfer en si grant penitence
Comme tu vas disans: ont il point desperance.
Daucun allegement ne de leur deliurance.

Les nobles les gentilz qui sont de hault parage:
Ou ceulx qui ont lettez: or, argent en hostage.
Pour or, ne pour arget, pour sens, ne pour linage
Sur les aultres dampnes ont il point dauatage.

Cy respond lame au corps
Ta demande dit lame est trop peu raisonnable.
Car selon la sentence de dieu ferme et estable
Tous ceulx qui sont dapnes ont peine pardurable
Ne force, ne priere, point ne leurs est aidable.

Se tous religieux: prescheurs et cordliers,
Chastolet to[us]lessours mettes disolet mille psaultiers
Se le monde donnoit pour dieu tous ses deniers,
Neu tireroient vne ame de cent mille milliers.

Le diable y est toussiours en sa forsennerie,
De tormenter les ames il a toussiouro enuie.
Prometz luy: paye le: ton corps luy sacrifie
Pour ce ne te donra vng grain de cortaisie,

Des nobles et des riches te diray la maniere.
Sans grace sans deport leurs peine est entiere.
Cat plus sont estes hault de tant plus sont erriere
Et tant seuffrent plus grant pouurete et misere.

On ne voit en enfer que tenebres obscures,
Des ennemis sans nonbre en horibles figures
Dragons serpens crapaulx tous velins et ordures
Pour tormenter helas: les dampnees creatures.
Lacteur
Quant mectoit a parler lame toute sa cure.
Trois dyables sont venus en leur laide figure,
Tant horibles visages: plus grant contrefaiture
Que on ne pourroit veoir en liure ne pointure,

Graffes de fer agues en leurs mains ilz tenoient
Feu gregois tout puant par la bouche getoient
Serpens enuelimes en leur orailles estoient
Comme brandons de feu les yeulx flãbãs auoient

Vnchascun de ses trois getoit sa graffe torte
La pouure ame ont chergie cõme vne beste morte
Mais quãt elle congnut denfer lorrible porte
Durement se complaint: forment se desconforte.

Et entre ses trois dyables a haulte voix se crye
Secours moy secours moy thesus filz de marie:
Ne considere pas maintenant ma folie:
De dauid te souuiengne et de ta courtaisie.

Quant les trois ennemis ont ce mot entendu
Haultement on cryez trop auez actendu
Musart: on doit auoir son temps bien despendu.
Denant que le merite de leuure soit rendu.

Dor en auant ne vault rien le crier ne braire
Car plus ne trouueraz thesucrist de bonnaire:
Maintenant te conuient en vng tel lieu retraire,
Que iamais ne verras clarte ne luminaire.

A ses dures nouuelles le prudon se resueille,
Sil fut espouente ne fut pas merueille.
A mener bonne vie tantost il sapareille,
Et seruir dieu du cueur des lors iour et nuit veille.

De tous peches pardon dieu nous veulle donner
Et cest mortel vie tellement demener,
Que nous la puissions tous en sa grace finer
Et auec luy ioye pardurable mener.   Amen

        Cy finit le debat du corps et de lame
        Et ensuit la complainte de lame
        dampnee

Vous pecheurs qui fort regardez
De moy lorrible figure:
De mal faire bien vous gardez
Car ce monde bien petit dure.
Aduise chascun en quel cure
Pour les maulx que ay faitz suis mis
Es dyables suis baille en cure
Et en enfer est mon logis

Las: le monde mauoit promis
Que ie viuroye longuement.
Las: voyes ie suis icy mis
A iamais sans difinement.
Et combien que ieusse souuent
En volente de mamander:
Pour la mort qui ma prins courãt
Ie ny ay puis remedier.
Donc braire me fault et crier
Pour le gref mal et le torment
Quil me conuient cy endurer
A iamais pardurablement.

Chascun apparcoit vrayment
Que de la mort suis supplante.
Viure cuydoye longuement
Et en enfer si ma plante.
Pour ce chascun en talente
Soit de bien viure en ce monde:
Affin que par son orphante
En mort: dieu ne le confunde.

Vray est que quãt ie estoye au mõde
En mal mectoye toute ma cure:
Pour ce que du bien ne tins cõpte
Le mal mest torne a vsure,
Donc raison est puis que neux cure
Fors seulement doptemperer
A la charongne: que larsure
Denfer me viengue consummer.
A ma charongne consoler
Las: pour quoy oncques me cõsti
Cest raison de le comparer
Trop tart ie men suis repenti.

Trop tart a grant deul ie le dy
pour quoy ie ne voy toure ne voye
Que iamais ie puis dici
yessir ne auoir nul iour ioye,
Or et argent en ce monde auoye
Don ie fuz fol et glorieux,
Car desordonneement lamoye
Cest plus que dieu ne que les cieulx
Larron, glouton, luxurieux,
Plus que nul aultre en mon viuãt
Ay ie este et en tous lieux
Or regarde que testament
Felon et furieux souuent,
Ay este toute ma vie
Rauisseur et fort murmurant
Orgueilleux et tout plain denuie,
Helas, ma tresmauldite vie
Que ie raconte en verite
Mon barat et ma tricherie
Mont de tout bien desherite
Car nul est qui liniquite
Peult penser ne le gref torment
Que souffrir me font sans pite
Les dyables qui me detiennent
Or puis ie crier en brayant
Las: pour quoy fuz ie oncques ne
Trop mieulx me vaulsit maistenãt
Que ie feusse mort auorte
Puis que ainsi est que abandõne
Je suis es mains de lennemy
Et que iay este comdampne
A iamais demorer o luy
Pour ce ie prie et suppli
Chascun de penitence faire
De ses peches affin que icy
Ne soit mis dedenz se repaire
Pensez dõcques chascun a biẽ faire
Je vous emprie sur toute rien
Affin que vostre aduersaire

Ne vous empoigne en son lien
Nactendez pas dehuy a demain
La mort mercy ne vous fera
Car celluy est ennuit tout sain
Qui demain pas vif ne sera,

Grãt paour doit auoir tout hõme
Qui sa vie a peche donne
Et ne tient les commandemens
Car il en souffrira tormens
En enfer perdurablement
Et apres le grant iugement
Qui moult sera espouentable
Acompagnie sera du dyable
Si na icy grant repentence
Et face fruit de penitence

Explicit

In inferno nulla est redempcio
Ibi meror, ibi metus, ibi fetor, ibi fletus.
Ibi probra deteguntur, ibi rei confunduntur.
Ibi tortor semper cedens ibi vermis semp edẽs
Ibi totum hoc ghenne, quia ppes mors gehẽne

Ce petit liure contient trois choses:
Cestassauoir la danse macabre des
femes. Le debat du corps et de lame
Et la complainte de lame dampnee
Lequel a este imprime a paris par
guyot marchant demorãt ou grãt
hostel de champs gailliart derrenier
le college de nauarre Lan de grace
mil quatre cent quatre vingz et six
le septiesme iour de iuillet.